DIE LIEBESGÖTTIN AUF DER KIRMES

Ulrich Germania

Impressum

Buchtitel:
Die Liebesgöttin auf der Kirmes

Untertitel:
Jahrmarkt-Begegnung mit mystischem Flair

Serie:
Romantische Begegnungen auf dem Jahrmarkt

KI-Hinweis:
KI-Geschichte, erdacht und überarbeitet vom Autor

Autor:
Ulrich Germania © 2025

Verlag:
BoD · Books on Demand GmbH,
In de Tarpen 42, 22848 Norderstedt, bod@bod.de

Druck:
Libri Plureos GmbH
Friedensallee 273, 22763 Hamburg

ISBN: 978-3-7693-9977-6

Inhaltsverzeichnis

Bildnachweise:

Sowohl die Bilder auf dem Buchumschlag als auch die im Buch wurden durch KI generiert und teilweise mit Programmen der Foto-Manipulation modifiziert.

KI-Hinweis:

Autor Ulrich Germania hat sich die Charaktere und den Plot ausgedacht, die KI hat die Geschichte geschrieben, dann wurde sie überarbeitet und verbessert.

Lockeres Kennenlernen

Es war ein lauer Sommerabend, als die beiden Freundinnen Mia und Susi beschwingt über die Kirmes schlenderten. Die bunten Lichter und die fröhliche Musik zogen sie magisch an, und sie genossen die ausgelassene Atmosphäre. Mia, mit ihren langen, blonden Haaren und strahlenden blauen Augen, und Susi, mit ihren dunklen Locken und dem ansteckenden Lachen, waren ein echter Hingucker.

Sie lachten und plauderten, während sie an den verschiedenen Ständen vorbeigingen, Zuckerwatte naschten und die Fahrgeschäfte bestaunten. Gerade als sie sich überlegten, welches Fahrgeschäft sie als nächstes ausprobieren wollten, wurden sie von zwei jungen Männern angesprochen.

„Hey, ihr beiden! Habt ihr Lust, mit uns eine Runde auf dem Riesenrad zu drehen?" fragte der eine, ein großer, sportlicher Typ mit einem charmanten Lächeln. Sein Freund, etwas kleiner, aber mit einem verschmitzten Grinsen, nickte zustimmend.

Mia und Susi tauschten einen kurzen Blick aus und lächelten. „Warum nicht?" antwortete Mia fröhlich. „Wir lieben das Riesenrad!"

Gemeinsam machten sie sich auf den Weg zum Riesenrad, und die beiden jungen Männer stellten sich vor. Der größere von ihnen hieß Leo, und sein Freund war Max.

Vor dem Riesenrad standen viele Leute, die mitfahren wollten. Während sie in der Schlange warteten, stellten sie sich gegenseitig vor und es stellte sich heraus, dass Leo und Max sehr sympathische junge Männer waren und die Mädchen freuten sich, dass sie genau von diesen beiden angesprochen worden waren.

Als sie schließlich in einer Gondel des Riesenrads Platz nahmen, genossen sie den atemberaubenden Blick über die Kirmes und die Stadt. Die Lichter funkelten wie Sterne, und die fröhliche Musik erfüllte die Luft. Mia und Susi fühlten sich wie in einem Märchen, und die Gesellschaft von Leo und Max machte den Abend noch besonderer.

Während der Fahrt lachten sie viel und lernten sich noch besser kennen.

Als das Riesenrad schließlich wieder zum Stillstand kam, beschlossen sie, den Abend gemeinsam weiter zu genießen und noch mehr Fahrgeschäfte auszuprobieren.

Sie schlenderten über die Kirmes und ließen sich von den bunten Lichtern und der fröhlichen Musik leiten.

Schließlich entschieden sie sich für die Achterbahn, die mit ihren rasanten Kurven und aufregenden Abfahrten lockte.

Mia und Max setzten sich in einen Wagen, während Susi und Leo im nächsten Platz nahmen. Die Spannung und Vorfreude waren spürbar, als die Achterbahn langsam den ersten Hügel hinaufkletterte. Mia und Max hielten sich an den Sicherheitsbügeln fest und tauschten aufgeregte Blicke aus. Susi und Leo lachten und scherzten, während sie die Aussicht genossen.

Als die Achterbahn die Spitze des Hügels erreichte, hielt die Welt für einen Moment den Atem an.

Dann stürzte sie sich in die Tiefe, und die vier jungen Leute schrien vor Freude und Aufregung.

Die rasanten Kurven und Loopings ließen ihre Herzen schneller schlagen, und sie genossen jede Sekunde der Fahrt.

Nach der wilden Achterbahnfahrt stiegen sie aus den Wagen und lachten noch immer über das aufregende Erlebnis.

Mia und Max tauschten verschwörerische Blicke aus, während Susi und Leo sich ebenfalls näherkamen. Es war offensichtlich, dass sich zwischen den beiden Paaren eine besondere Verbindung entwickelte.

Gemeinsam beschlossen sie, den Abend weiter zu genießen und noch mehr Fahrgeschäfte auszuprobieren. Die Kirmes bot unzählige Möglichkeiten für Spaß und Abenteuer, und Gelegenheit, sich gemeinsam zu amüsieren und besser kennenzulernen.

Während sie von einer Attraktion zur nächsten gingen, spürten sie, wie ihre Freundschaften immer stärker wurden.

Während sie weiter über die Kirmes schlenderten, nahm Max Mias Hand und sie ließ es zu. Ein warmes Gefühl durchströmte sie, und sie lächelte ihn an.

Susi bemerkte, wie ihre Freundin Mia Hand in Hand mit Max ging, und ein Lächeln huschte über ihr Gesicht. Sie sah, wie glücklich Mia aussah, und fühlte sich ebenfalls von der romantischen Atmosphäre der Kirmes verzaubert.

Susi warf einen Blick auf Leo, der neben ihr ging. Er schien etwas schüchtern zu sein und wagte es nicht, ihre Hand zu nehmen. Mit einem entschlossenen Lächeln griff Susi nach seiner Hand und verschränkte ihre Finger mit seinen. Leo war überrascht, aber dann lächelte er und drückte ihre Hand sanft.

Die vier jungen Leute gingen Hand in Hand weiter über die Kirmes, genossen die fröhliche Musik und die bunten Lichter. Sie fühlten sich wie in einem Märchen, und die Magie des Abends ließ ihre Herzen schneller schlagen.

Das Hexenhäuschen

Zur märchenhaften Stimmung passte, dass sie zufällig ein Holzhäuschen auf dem Kirmesgelände entdeckten, das wie ein Hexenhaus im Märchen aussah. Das Häuschen war aus dunklem Holz gebaut und mit kunstvollen Schnitzereien verziert. Die Fenster waren klein und rund, mit bunten Glasmalereien, die im Licht der Kirmes funkelten. Ein schmaler Schornstein ragte aus dem Dach, aus dem ein dünner Rauchfaden aufstieg, und sich in der lauen Sommerluft verlor.

Vor dem Häuschen saß eine alte Frau, die wie eine Hexe aussah. Ihr Gesicht war von tiefen Falten durchzogen, und ihre Augen funkelten geheimnisvoll. Sie trug ein langes, schwarzes Kleid, das bis zum Boden reichte, und einen spitzen Hut, der schief auf ihrem Kopf saß. Ihre Hände waren knochig und von Altersflecken gezeichnet, und sie hielt einen knorrigen Gehstock, der aussah, als wäre er aus einem uralten Baum geschnitzt.

Auf ihrer Schulter saß ein schwarzer Vogel, der die vier jungen Leute mit seinen scharfen Augen beobachtete. Es war aber kein Rabe, eher eine Eule. Auf ihrem Schoß ruhte eine schwarze Katze, die sich träge streckte und leise schnurrte.

Die alte Frau lächelte geheimnisvoll, als sie die Gruppe kommen sah, und ihre Anwesenheit verlieh der Szene eine magische und zugleich unheimliche Atmosphäre.

„Willkommen, meine Lieben," sagte die alte Frau mit einer krächzenden Stimme. „Kommt näher und lasst mich euch etwas erzählen."

Mia, Susi, Max und Leo tauschten neugierige Blicke aus und traten näher an das Hexenhaus heran. Die alte Frau streichelte die schwarze Katze auf ihrem Schoß und der Vogel auf ihrer Schulter krächzte leise.

„Ich sehe, dass ihr auf der Suche nach etwas Besonderem seid," fuhr die alte Frau fort. „Vielleicht kann ich euch helfen, eure Wünsche zu erfüllen. Aber seid gewarnt, manchmal sind die Dinge nicht so, wie sie scheinen."

Die vier jungen Leute waren fasziniert und ein wenig nervös.

„Was meinst du damit?" fragte Mia vorsichtig.

Die alte Frau lächelte geheimnisvoll.

„Jeder von euch hat einen Wunsch im Herzen, den er sich vielleicht nicht einmal selbst eingestehen will. Ich kann euch helfen, diese Wünsche zu erkennen und vielleicht sogar zu erfüllen. Aber dafür müsst ihr mir vertrauen und mir eine kleine Aufgabe erfüllen."

Susi sah die alte Frau skeptisch an.

„Und was für eine Aufgabe wäre das?"

Die alte Frau hob eine knochige Hand und deutete auf einen kleinen, verwunschenen Garten hinter dem Hexenhaus.

„In diesem Garten gibt es viele verschiedene Blumen, vier davon sind besondere Blumen, die für euch bestimmt sind. Jede eurer Blumen steht für einen Wunsch. Pflückt eine Blume und bringt sie mir, dann werde ich euch mehr über eure Wünsche erzählen."

Mia, Susi, Max und Leo sahen sich an und nickten schließlich. Sie waren neugierig und wollten herausfinden, was die alte Frau ihnen zu sagen hatte.

Gemeinsam betraten sie den verwunschenen Garten und begannen, nach den besonderen Blumen zu suchen.

Der Garten war voller seltsamer Pflanzen und leuchtender Blumen, die im Mondlicht schimmerten.

Mia fragte: „Hier sind so viele verschiedene schöne Blumen, woher soll ich denn erkennen, welche Blume eine besondere ist?"

Leo schien es zu erahnen: „Die Blumen sind alle gleichwertig. Erst wenn du dich für eine entscheidest, dann wird sie zu deiner persönlichen besonderen Blume."

Es dauerte nicht lange, bis jeder von ihnen eine besondere Blume gefunden hatte.

Mia pflückte eine leuchtend rote Blume, Susi eine zarte blaue, Max eine strahlend gelbe und Leo eine tiefviolette.

Mit den Blumen in den Händen kehrten sie zur alten Frau zurück.

„Sehr gut," sagte sie und nahm die Blumen entgegen. „Nun lasst uns sehen, welche Wünsche ihr in euren Herzen tragt."

Die alte Frau betrachtete aufmerksam die Blumen und sagte:

„Jede dieser Blumen steht für einen Wunsch, den ihr in euren Herzen tragt," sagte sie mit einem geheimnisvollen Lächeln. „Lasst uns sehen, welche Wünsche ihr habt."

Sie hielt die leuchtend rote Blume, die Mia gepflückt hatte, in die Höhe.

„Diese rote Blume steht für Leidenschaft und Liebe," erklärte die alte Frau. „Mia, dein Herz sehnt sich nach einer tiefen, leidenschaftlichen Verbindung. Du wünschst dir, jemanden zu finden, der dein Herz zum Glühen bringt und mit dem du eine intensive Liebe teilen kannst."

Mia errötete leicht, aber sie konnte nicht leugnen, dass die Worte der alten Frau genau das trafen, was sie fühlte.

„Woher wissen Sie meinen Namen?", fragte Mia die alte Frau, die antwortete aber nicht, sondern schmunzelte nur geheimnisvoll.

Alle in der Gruppe war neugierig, was die anderen Blumen offenbaren würden.

Die alte Frau nahm die zarte blaue Blume, die Susi gepflückt hatte.

„Diese Blume steht für Ruhe und Beständigkeit," sagte sie. „Susi, du wünschst dir eine Beziehung, die dir Sicherheit und Geborgenheit gibt. Du suchst nach jemandem, der dir Stabilität und Frieden bringt und mit dem du eine harmonische Zukunft aufbauen kannst."

Susi lächelte und fühlte sich verstanden. Die Worte der alten Frau spiegelten ihre tiefsten Wünsche wider.

Als nächstes hielt die alte Frau die strahlend gelbe Blume, die Max gepflückt hatte, in die Höhe.

„Diese Blume steht für Freude und Abenteuer," erklärte sie. "Max, du sehnst dich nach einer Beziehung, die voller Spaß und aufregender Erlebnisse ist. Du möchtest jemanden finden, der dein Leben mit Lachen und Abenteuer füllt und mit dem du unvergessliche Momente teilen kannst."

Max nickte zustimmend und fühlte sich von den Worten der alten Frau ermutigt.

Schließlich nahm die alte Frau die tiefviolette Blume, die Leo gepflückt hatte.

„Diese Blume steht für Geheimnisse und Tiefe," sagte sie. „Leo, du wünschst dir eine Beziehung, die voller Geheimnisse und tiefer Emotionen ist. Du suchst nach jemandem, der deine Seele berührt und mit dem du eine tiefgründige und bedeutungsvolle Verbindung aufbauen kannst."

Leo spürte, wie die Worte der alten Frau sein Herz berührten. Er wusste, dass sie genau das ausdrückte, was er sich insgeheim wünschte.

Die alte Frau lächelte zufrieden. „Nun kennt ihr die Wünsche, die ihr in euren Herzen tragt," sagte sie. „Möge die Kirmes euch helfen, diese Wünsche zu erfüllen und die Liebe zu finden, nach der ihr sucht."

Mit diesen Worten verabschiedete sich die alte Frau, ging in ihr Hexenhaus und schloss die Türe hinter sich.

Die vier jungen Leute starrten in Gedanken versunken auf das Hexenhaus.

Mia sagte: „Sie hat alle unsere Namen gewusst, obwohl wir uns ihr nicht vorgestellt hatten."

Max nickte und sagte: „Wirklich sehr seltsam. Sie war wie eine Wahrsagerin, die jemanden Karten aus einem Kartenspiel ziehen lässt und dann aus den gewählten Karten das Schicksal deutet. Sie hat statt Spielkarten die Blumen verwendet."

Susi sagte zitternd: „Wie unheimlich."

Leo sagte: „Und wisst ihr was auch unheimlich ist? Sie hat von uns kein Geld verlangt, obwohl so etwas auf der Kirmes normalerweise nicht gratis geboten wird."

Max sagte mutig: „Wir sollten noch einmal mit ihr sprechen und ihr etwas Geld anbieten. Ich geh mal zum Hexenhaus und sage ihr sie soll noch einmal herauskommen."

Mia flehte: „Tu's nicht Max, ich habe Angst um dich!"

Max entgegnete: „Beruhige dich, ich mach nur die Tür auf und rufe ins Häuschen, dass sie nochmal rauskommen soll."

Max ging ein paar Schritte auf das Hexenhaus zu und Leo folgte ihm, während die Mädchen in sicherer Entfernung vom Häuschen warteten.

Leo öffnete dir Tür und Max rief in die Leere des dunklen Zimmers: „Hallo, können Sie noch einmal herauskommen?", aber er erhielt keine Antwort.

„Hallo? Wo sind Sie? Können Sie mich hören?", rief Max, aber er erhielt wieder keine Antwort.

Stattdessen kam die schwarze Katze aus dem Zimmer und der schwarze Vogel flog aus der Tür, am Kopf von Max vorbei.

Die Katze erklomm das Holzhäuschen und setzte sich auf das Dach, der Vogel flog zur Katze und setzte sich neben sie.

Max und Leo stellten sich wieder zu Mia und Susi und gemeinsam starrten sie auf den Vogel und die Katze, die vertraulich nebeneinander auf dem Dach des Hexenhauses saßen und zu ihnen herabsahen.

Plötzlich setzte sich die Katze auf ihr Hinterteil, hob eine Pfote und winkte den beiden Paaren zu, als wäre sie eine asiatische Winke-Katze.

Max sagte: „Sie winkt uns zu, wie eine thailändische Glückskatze. Ich glaube, es ist besser, wir winken zurück und gehen dann weiter.“

So machten sie es. Alle vier winkten der Katze zum Abschied zu, dann drehten sie sich um und verließen das alte, rätselhafte Holzhäuschen und tauchten wieder ein, in den lauten Trubel der Kirmes.

Die Wunscherfüllung

Plötzlich blieb Max stehen und sah Mia tief in die Augen.

„Mia, ich habe genau zugehört, was die Hexe über deine Wünsche gesagt hat. Stimmt es, was sie gesagt hat?"

Mia sah Max an und lächelte leicht verlegen.

„Ja, es stimmt," antwortete sie leise. „Ich wünsche mir wirklich eine leidenschaftliche Verbindung. Jemanden, der mein Herz zum Glühen bringt."

Max nickte und nahm ihre Hand fester.

„Ich finde das schön, Mia. Ich hoffe, dass ich dieser Jemand für dich sein kann. Ich möchte dich besser kennenlernen und herausfinden, ob wir diese Verbindung haben können."

Mia spürte, wie ihr Herz schneller schlug.

„Ich würde das auch gerne herausfinden, Max."

Max sah Mia tief in die Augen, seine Stimme war voller Gefühl, als er fragte:

„Darf ich dein Herz zum Glühen bringen?"

Mia lächelte und spürte, wie ihr Herz schneller schlug.

„Gerne, versuch es!" antwortete sie leise, ihre Augen funkelten vor Aufregung.

Ohne zu zögern, schnappte sich Max die Mia und zog sie sanft in seine Arme. Ihre Körper waren nah beieinander, und die Welt um sie herum schien für einen Moment stillzustehen.

Max beugte sich zu ihr hinunter und gab ihr einen Kuss voller Leidenschaft. Seine Lippen trafen ihre mit einer Intensität, die Mia den Atem raubte.

Sie spürte plötzlich ein Glühen in ihrem ganzen Körper, als sie Max' leidenschaftlichen Kuss erwiderte. Das Glühen übertrug sich auch auf Max, und sie fühlten sich, als ob sie in einem magischen Moment gefangen wären. Ihre Herzen schlugen füreinander und Mia und Max wussten, dass sich gefunden hatten.

Während sie sich in ihrem magischen Moment verloren, beobachteten Susi und Leo das Geschehen mit einem Lächeln.

Susi sah Leo an und spürte, dass auch zwischen ihnen eine besondere Verbindung entstanden war. „Leo, was denkst du über das, was die Hexe gesagt hat?" fragte sie leise.

Leo lächelte und nahm Susis Hand.

„Ich denke, sie hat recht. Ja, ich wünsche mir tatsächlich eine tiefgründige und bedeutungsvolle Verbindung. Und ich glaube, dass wir diese Verbindung haben könnten."

Susi fühlte, wie ihr Herz schneller schlug. „Ich fühle das Gleiche, Leo. Lass uns den Abend weiter genießen und sehen, wohin er uns führt."

Leo nickte, zog Susi näher zu sich und gab ihr einen sanften Kuss auf die Stirn. Susi lächelte und fühlte sich geborgen in seiner Nähe. Gemeinsam mit Mia und Max setzten sie ihren Weg über die Kirmes fort, Hand in Hand und voller Vorfreude auf die weiteren Erlebnisse des Abends.

Im Biergarten

Nach einer Weile entdeckten sie einen gemütlichen Biergarten mit einer Tanzfläche. Die fröhliche Musik und das Lachen der Menschen zogen sie magisch an. Der Biergarten war mit bunten Lichterketten geschmückt, die im Abendlicht funkelten. Die Tische und Bänke waren gut besetzt, und die Atmosphäre war ausgelassen und fröhlich.

Auf der Tanzfläche tanzten Alt und Jung zur Live-Musik einer Band, die aus alten Männern bestand. Die Musiker trugen nostalgische Kleidung und spielten mit großer Leidenschaft die Hits der 60er Jahre. Ihre Instrumente waren gut gepflegt, und die Klänge der Gitarre, des Basses, des Schlagzeugs und des Keyboards erfüllten die Luft. Der Lead-Sänger der Band konnte seine Stimme sehr gut an die Lieder anpassen und man hatte fast das Gefühl, als würden die Rolling Stones oder die Beatles auf der Bühne ein Konzert geben.

Mia, Max, Susi und Leo fanden einen freien Tisch in der Nähe der Tanzfläche und setzten sich. Sie bestellten Getränke und genossen die fröhliche Atmosphäre.

Die Musik war mitreißend, und es dauerte nicht lange, bis sie sich von den alten Liedern und der Rockmusik mitreißen ließen.

Max stand auf und streckte Mia die Hand entgegen. „Möchtest du tanzen?" fragte er mit einem charmanten Lächeln.

Mia nickte begeistert und nahm seine Hand. Gemeinsam betraten sie die Tanzfläche und begannen, sich im Takt der Musik zu bewegen. Ihre Bewegungen waren synchron und voller Freude, und sie lachten, während sie sich beim Tanzen spielerisch berührten und neckten.

Susi sah den beiden zu und fühlte sich von der fröhlichen Stimmung angesteckt. Sie wandte sich an Leo und fragte: „Möchtest du auch tanzen?"

Leo lächelte und nahm ihre Hand. „Sehr gerne," antwortete er.

Gemeinsam gesellten sie sich zu Mia und Max auf die Tanzfläche und tanzten zu der mitreißenden Rockmusik der Live-Band.

Die Oldies-Band auf der Bühne spielten mit großer Hingabe und Freude, und die alten Hits kamen gut beim Publikum an.

Die Tanzfläche war voller Menschen, die sich zu den altbekannten Liedern bewegten. Alt und Jung tanzten Seite an Seite, und die Grenzen zwischen den Generationen verschwanden.

Mia und Max, sowie Susi und Leo waren glücklich. Die Musik, die fröhliche Stimmung und nicht zuletzt die Tatsache, dass jeder einen Partner zum Lieben gefunden hatte, ließen ihre Herzen höherschlagen.

Die
Liebesgöttin
auf der
Kirmes
Ulrich Germania

Die Liebesgöttin

Als die zwei Paare von der Tanzfläche an ihren Tisch zurückkehrten, bemerkten sie, dass dort eine wunderschöne blonde Frau saß.

Ihr langes, goldenes Haar glänzte im Licht der Kirmes, und ihre Augen funkelten geheimnisvoll. Max trat näher und sagte höflich: „Verzeihung, das ist unser Tisch. Können Sie ein bisschen zur Seite rücken?"

Die schöne Frau rückte ein bisschen damit alle Platz hatten, lächelte freundlich und antwortete: „Ja gerne, ich weiß, dass es euer Tisch ist. Darf ich mich vorstellen? Ich bin Amora, eine Liebesgöttin und Assistentin von Amor, dem Liebesgott. Ich wollte nur sicherstellen, dass unsere Liebespfeile ihr Ziel nicht verfehlt haben."

Mia, Susi, Max und Leo sahen sich überrascht an. Die Anwesenheit von Amora schien die magische Atmosphäre des Abends noch zu verstärken. Sie setzten sich an den Tisch und lauschten gespannt, was die Liebesgöttin ihnen zu sagen hatte.

„Es freut mich zu sehen, dass ihr euch gefunden habt", fuhr Amora fort. „Die Kirmes ist ein Ort voller Magie und Möglichkeiten, und es scheint, als ob das Schicksal euch zusammengeführt hat. Möge eure Liebe wachsen und gedeihen."

Die vier jungen Leute fühlten sich von Amoras Worten berührt aber waren auch sehr irritiert.

Max brachte es zur Sprache: „Schöne Frau, wir sind hier auf der Kirmes, hier gibt es Clowns und Scharlatane. Sie haben uns auf der Tanzfläche zusammen gesehen und jetzt erzählen Sie uns, dass Sie eine Liebesgöttin sind? Dass wir zwei Liebespaare sind, das kann jeder erkennen und ist leider kein Beweis, dass Sie eine Liebesgöttin sind. Sorry, ich bin irritiert.

Amora lachte und fragte: „Erinnert ihr euch an euren Besuch beim Hexenhaus und an die alte Frau, die euch Blumen pflücken ließ und dann eure persönlichen, geheimen Wünsche verraten hat?"

Mia, Susi, Max und Leo sahen sich überrascht an und nickten.

„Ja, das tun wir", antwortete Susi. „Es war ein sehr besonderer Moment."

„Und plötzlich war die Frau verschwunden", sagte Max.

Amora lächelte geheimnisvoll.

„Nun, ich muss euch etwas gestehen. Diese alte Frau war ich, in verwandelter Gestalt. Ich wollte sicherstellen, dass eure Herzen die richtigen Wünsche erkennen und dass ihr die Möglichkeit habt, diese Wünsche zu erfüllen."

Die vier jungen Leute waren sprachlos.

„Du warst die alte Frau?" fragte Max ungläubig. „Warum hast du dich verwandelt?"

Amora lächelte weise.

„Manchmal ist es einfacher, nicht als schöne blonde Frau, sondern als alte Frau mit Menschen zu sprechen, weil die Menschen dann glauben, dass sie mit jemandem sprechen, der weise und erfahren ist. Ich wollte euch helfen, eure Herzen zu öffnen und die Liebe zu finden, nach der ihr sucht."

Max griff sich in die Haare und raufte sie. „Ich kann es irgendwie noch immer nicht glauben, dass du gleichzeitig eine alte Frau und eine schöne Liebesgöttin bist. Wo sind wir denn? Auf der Kirmes im wahren Leben, oder in einem Märchen mit Hexen und Göttern?"

Amora lächelte und hob eine Hand. „Lass mich dir beweisen, dass ich die Liebesgöttin bin und die alte Frau war."

In diesem Moment erschien plötzlich der schwarze Vogel, der zuvor auf der Schulter der alten Frau gesessen hatte, und landete auf dem Tisch. Er krächzte leise und sah die vier jungen Leute mit seinen scharfen Augen an.

Kurz darauf sprang die schwarze Katze, die auf dem Schoß der alten Frau gelegen hatte, auf den Tisch und setzte sich neben den Vogel. Sie schnurrte leise und rieb ihren Kopf an Amoras Hand.

„Diese Tiere sind meine treuen Begleiter," erklärte Amora. „Sie sind immer bei mir, egal in welcher Gestalt ich erscheine."

Mia, Susi, Max und Leo sahen die Tiere erstaunt an und wussten, dass Amora die Wahrheit sagte. Die plötzliche Anwesenheit des Vogels und der Katze bewies, dass sie tatsächlich die alte Frau in verwandelter Gestalt war.

„Es scheint, als ob wir wirklich in einem Märchen gelandet sind, oder?" sagte Susi leise und schaute Amora fragend in die Augen.

Amora nickte.

„Manchmal sind die Grenzen zwischen Realität und Märchen fließend. Die Kirmes ist ein Ort voller Magie und Möglichkeiten. Nutzt die heute erhaltene Gelegenheit, um eure Wünsche zu erfüllen und die Liebe zu finden, nach der ihr immer gesucht habt."

Nach einer kurzen Pause, in der alle Anwesenden wortlos waren, ergänzte Amora;

„Ich hoffe, dass ich euch als Liebesgöttin und alte Frau helfen konnte, die Liebe eures Lebens zu finden. Das Schicksal liegt jetzt in eurer Hand, ich verabschiede mich jetzt."

Nachdem sie das gesagt hatte, erhob sich Amora langsam von ihrem Platz.

Der schwarze Vogel breitete seine Flügel aus, flog in die Luft und setzte sich auf Amoras rechte Schulter, während die schwarze Katze anmutig vom Tisch auf den ausgestreckten Arm Amoras sprang, an ihm hochkletterte und sich dann auf ihre linke Schulter setzte.

Plötzlich wehte ein sanfter Windhauch durch den Biergarten, und die Lichter der Kirmes schienen für einen Moment heller zu leuchten.

Amora hob ihre beiden Hände und lächelte die vier jungen Leute an.

„Möge die Liebe euch immer begleiten," sagte sie leise.

Dann begann sie, sich langsam in einen schimmernden Lichtstrahl aufzulösen. Der Vogel und die Katze verschwanden ebenfalls in einem sanften Licht, das sich um sie herum ausbreitete.

Innerhalb weniger Augenblicke waren Amora und ihre Tiere verschwunden, als wären sie nie anwesend gewesen.

Die vier jungen Leute saßen sprachlos da und spürten, dass sie Zeugen eines magischen Moments geworden waren.

Sie wussten, dass dieser Abend etwas ganz Besonderes war und dass ihre neu gefundenen Verbindungen stark, bedeutungsvoll und märchenhaft waren.

Max sah Mia tief in die Augen und lächelte.

„Ich hätte nie gedacht, dass Märchen wahr sein könnten", sagte er leise. „Aber heute Abend habe ich gelernt, dass es wirklich magisches und übernatürliches im Leben gibt."

Mia erwiderte sein Lächeln und drückte seine Hand. „Manchmal braucht es nur den richtigen Moment und die richtigen Menschen, um die Magie zu entdecken, und heute hat uns zusätzlich die Liebesgöttin aus einem Märchen geholfen", antwortete sie sanft.

Leo nickte zustimmend und sah Susi an. „Ich hatte eigentlich gezweifelt, ob es im Leben wirklich die wahre Liebe gibt", gestand er. „Aber jetzt weiß ich, dass sie existiert und dass wir sie gefunden haben."

Susi lächelte und legte ihre Hand auf seine Wange. „Die wahre Liebe ist oft näher, als wir denken. Wir müssen nur die Augen und das Herz öffnen, um sie zu erkennen. Amora hat uns dabei geholfen."

Die vier jungen Leute sprachen noch eine Weile über Märchen und wahre Liebe, dann genossen sie wieder die fröhliche Atmosphäre der Kirmes und die Gesellschaft des anderen.

Als die Lichter der Kirmes langsam verblassten und die Nacht sich dem Ende zuneigte, verabschiedeten sie sich voneinander mit dem Versprechen, sich bald wiederzusehen.

Sie wussten, dass ihre Geschichte gerade erst begonnen hatte und dass sie gemeinsam noch viele weitere magische Momente erleben würden.

Weitere Bücher des Autors

Wenn Ihnen diese romantische, kitschige Kirmes-Geschichte gefallen hat, dann gefallen Ihnen bestimmt auch andere Kurzgeschichten, die sich Ulrich Germania ausgedacht hat. Viele Geschichten erzählen von romantischen Begegnungen an ungewöhnlichen Orten.

KI-Hinweis: Für die folgenden Geschichten gilt: Ulrich Germania hat sich die Charaktere und den Plot ausgedacht, die KI hat die Geschichten geschrieben, dann wurden sie überarbeitet und verbessert.

Kirmes der Herzen
Kurze, kitschige Kirmesgeschichte

Doktoren auf der Kirmes
Kein Arztroman, aber fast.

Die Liebesgöttin auf der Kirmes
Jahrmarkt-Begegnung mit mystischem Flair (dieses Buch)

Liebe in Kostümen
Begegnungen auf einem Cosplay-Event

Talahon Bilderbücher, Buchserie

Finde die Unterschiede!
Suchspiel Bilderbücher für Erwachsene

Chaya und Talahon in der Shisha-Bar,
Buch 1 bis 3

Die Chayas chillen auf der Kirmes

Die Chayas chillen wieder auf der Kirmes

Chaya und Talahon auf der Kirmes

Talahons mit Chaya auf der Kirmes

Die folgenden Geschichten wurden ohne die
Hilfe der KI verfasst:

Erst die Rache, dann die Braut

Cowboy-Western mit Kitsch und Liebe auf den
ersten Blick. In mehreren Sprachen erhältlich.

Zenola

Ihr Herz war unverkäuflich.
Die Indigene und ihr Mariachi

Ulrich Germania
DOKTOREN
auf der Kirmes

Ulrich Germania
Kirmes der Herzen